文字森林
READING FOREST

文字森林
READING FOREST

文字森林
READING FOREST

文字森林
READING FOREST

血淌苦吃的人

李豪——文

目—次
Content

輯三——伊卡洛斯之死
墜落之前，最靠近太陽

輯四——奧菲斯的詩歌
曾經，我遇見最好的你

自序

不如我們從頭來過吧？

我以為一個壞掉的人遇見另一個壞掉的人，一步一步地修好彼此的過程，那是我謂之理想的愛。不只是彼此尋找安慰，更是赤裸地攤開自己的缺口，因為我相信，那是只有同是壞掉的人才懂的。

後來才知道，想要修好對方即使是為了他好，聽起來也都是自大的、偏執的，也許那些壞掉的部分曾經也是因此而來。甚至，有更多的時刻，就像是叔本華筆下的兩隻刺蝟，想要緊挨著對方取暖，越是努力維持一個親近的位置，就越是不得不刺傷彼此。明明是如此相像的人，卻無法在一起，也許不是害怕受傷，而是深怕自己不知不覺就傷害了對方，才會一而再、再而三地保持距離。

明白自己生而為一隻多刺的獸，年輕的時候並不懂得如何好好擁抱迎面而來的人，也不曉得如何和擦身而過的好好說再見，像是心底想著蓮花，手裡卻拿著利刃。後來，為了成為更好的人，用盡力氣打磨自己的稜角，卻在一次又一次的徒勞無功下精疲力竭，換來了遍體鱗傷的自己。

也許是因為在傷與被傷之間交換位置後，才更能站在對方的處境裡想，雖然不可能完全地設身處地，至少檢視的角度、包容的空間都變得寬廣了。明白同一個故事，在自己的文本裡是悲劇主角，但在另一個人的文本裡卻可能是壞人。

王家衛的電影《春光乍洩》裡，張國榮所飾演的何寶榮總是喜歡在爭執過後告訴對方：「不如我們從頭來過吧？」而每一次，梁朝偉所飾演的黎耀輝也都會心軟。我時常在心裡惦記著這句話，假使真的能夠一切從頭來過，我們的今天是否就不會再擁著遺憾？

或許壞掉的人，不該再想著要把誰修好了，而是連腦袋中的那些黑色也好好地去愛吧。

這本詩集是我的第一本書，寫作的時間幅度很廣，因此語感會有所不同，同時也紀實了我在思想上的轉變，如上述所提到我對於人和人相處的看法。我很幸運，能夠有機會出版自己的詩，既不是華語文系出身，也沒有投過任何大型的文學獎，應該可以說是這個圈子的局外人。我不知道詩人該是什麼樣子，也不清楚自己是否可以被稱作詩人了，沒有太大的野心要寫出怎樣的文字、要如何療癒（修好）他人，或者會有怎樣的評價。自認我的寫作是孤獨的、是私密的，雖然都寫情詩但並不都是情詩，雖然都稱愛人不一定都是愛人。這些詩作有時僅是和自己的對話，有時則是作為一個被動的信息，給那些已經走遠的人們，因此字裡行間裡埋藏了許多暗號，無論後來時間過了多久，都希望總有一天能夠將自己真實的想法投遞給對方。

可能對多數人來說，我是個陌生的名字，也或許你曾經從其他地方聽過，又或者在你的印象中我已經是個什麼樣的人了。但如果可以的話，不如讓我們從頭來過吧？

這本書獻給愛過我的人、我愛過的人。

我們都是自討苦吃的人。

輯一——納西瑟斯的回聲

山女愛可(Echo)得罪了神祇，換來殘酷的判決，她被永世詛咒，失去表達的能力，此生只能重複他人的話語，永遠無法透露自己的本意，直到她能遇到真愛之人，詛咒才能解除。

她遇見過許多人，卻沒有一個是意中人。她耐心等待，堅信命運。終有一日，她在湖畔邊遇見一名美少年納西瑟斯(Narcissus)，並相信他就是命定之人。但無論愛可如何呼喚求愛，卻永遠無法表達真實心意，只能不斷重複少年的詰問。後來，納西瑟斯感到不耐，遠離了她，並只愛自己的倒影。

愛可傷心欲絕，耗盡形體，化作山林，從此有人呼喚，她就會同聲回應。

我愛你

「我愛你。這一具體情境不是指愛情表白或海誓山盟，而是指愛的反覆呼喚本身。」

——羅蘭．巴特《戀人絮語》

需要清醒的理由
睜開眼睛就看見你
將你的掌心攤開
刻下一些未竟的夢

在你日常的語言
加入我
讓我知道自己
此刻存在
並不限於自身經驗

一起看一場喜劇電影
或者淋同一場雨
告訴我分字後面
也能拼成快樂的詞彙

記得我的所有喜歡
討厭所有討厭
借用你的眼睛
代替我看這美好人間
換我疲倦之時
終於可以安心闔眼

我要為你寫一首情詩
卻只送你一張空白的紙

若你明白
一隻貓曾被棄養的不安
知道告白或承諾說多少次
都不夠表達
需要你再一字一字
教我寫下

與厭世者交往守則

你給我權利看見月的陰暗面
並不是要我全力將你照亮
因我知道那些是從前有顆太陽
將你曬傷

找一個和自己相像的星球吧
你不需要勉強自己變成對方想要的模樣
讓土星有環，讓彗星拖著塵埃
我愛你，連你黑洞的昨日也愛

你的回應總是來得很晚，我不怪你
我知道早在我們很遠之時你就已試著呼喊
你一定很努力了揮舞著小小的光芒
穿過茫茫星空才能成為了對我的喜歡

與厭世者交往守則，我正反覆背誦
他們說
愛上一顆流浪的星球
就要為他種下一座宇宙

註　本詩詩名原為 PTT 詩版 actuary35 版友所起，借題並作為回應之作。

我可不可以和你說聲晚安

我每天仰望著你住的星球
你對著我發光的時候
我就覺得自己好卑弱
因為你是如此閃耀
我如此渺小

總是不夠勇敢告訴你
你的光照亮了我的那個夜晚
我是如此幸運

於是我想寫首詩給你
每一天夜裡卻寫了又刪
但願我是一匹獨角獸
一頭尼斯湖水怪
或者一隻黑色的天鵝
因為你是如此特別
我如此平凡
一個沒有自信的人

所以我只能
對你住的星星說聲晚安
然後相信，數百光年的等待
你會帶著新鮮的語言向我呼喚

你好呀，晚安！

一首失敗的詩

「　　　　　　　　　？」
那個怯懦的自己總是只能
在心裡這樣問。

面對你就變得渺小的我
影子卻又特別的巨大
你會質疑我的傷疤嗎
一個完好如你的人
應該無法讀懂
一個失敗者的故事吧

如果可以輕易地放棄你或者
你可以明白地疏遠我就好了
一隻蠹蛾也能在黑暗中自由漫舞
只要你關上了燈

我不知道多疑的人
要如何才能得到真正的幸福
悲傷和失望總是來得
太快太快了
還來不及許願就消逝的流星
真的來過嗎
還是只是看錯了呢

也許沒有更好的結局了
可是我明白，總有一天會釋懷的
讓自己單獨大哭一場終會好過一些
即使下次在你面前
依然會笑著和你道別

如果我們終究都能習慣
彼此若無其事的樣子
也許有天你會發現
我心裡的空白

曾有一些字
不著痕跡地存在。

我在乾燥的季節而你在雨

外頭下著雨
身體卻是乾旱的
渴望與你借水
澆澆枯萎的自己
你從雨中走來
並未撐傘
用潮溼的聲音說
眼睛欠的債
都要用一輩子來還

我收起乾燥的枝節
試圖拭乾你的哀愁
以為這樣就能重新書寫
悲劇的腳本
你仍在雨中演出
並不相信有誰可以將你容忍
拒絕任何輕撫
用暈開的字
假裝生活淒美如詩

世界就縮成兩端
你在雨裡上不了岸
我在水面照見自己的荒蕪
最矛盾的愛情莫過於
放棄搏鬥的怪物
凝視著深淵
深淵已選擇不看

一個多情的人
和一個妄求被愛的人
畢竟不是待到了春
花都來得及開

每一段搖搖晃晃的平衡
都有一個人失重了
再輪到另一個

註　末二段改寫自尼采的著作《善惡的彼岸》：「與怪物搏鬥之人應當小心自身成為怪物；當你凝視著深淵，深淵也正凝視著你。」

我們不再說話

我們不再說話了
像是回到了很久以前
那時你尚未
於我有任何意義
走過的街是街
風景是風景
後來街是酸的
風景是潮溼的
我變得好薄

像一張石蕊試紙
輕輕一碰就變成
自己也不認識的樣子

終於明白了沉默和沉澱
是同一件事
我會學著把自己變得透明
一一挑出那些雜質
有天若我們再見
而我笑得清澈如昔
請不要提起任何有關於夏天
我只是一塊等待消融的冰

你已經走得好遠
為了求一盞燈
把影子留在我這
我會好好對待他的
直到成為身體的一部分
浸入睡眠
在夢裡我們消失的語言
都找回來了
我向你道歉
你只說
我們都會好好的
會好的。

我們再也沒有對話
只能從動態消息指認
彼此的近況
你的旅途比我想像的漫長
時間卻走得極其緩慢
你背著沉重的行囊
任疼痛在肩膀上燒灼
而我卻無法為你分擔
若我們不懂得保持緘默
溫柔也會是一種殘忍

也許你已經找到誰互道晚安
他為你解答生活裡的鎖
如我過去所做一般

這樣也好
只是我仍舊在原地
任孤獨日夜鎚敲
變得單薄
變得透明

默默地壞掉
默默地好。

註　首兩句典出美國歌手 Charlie Puth 的歌曲〈We Dont't Talk Anymore〉。

一半

你的傘很小
你為他撐傘，身子的一半
都在雨中暈開，漸漸淡去
他記得你的傘
不記得你

你的心很小
分出去就很難
再找回來，已經是分崩離析
他想念你的好
你想念你自己

人們說是你的終究
是你的，卻反連原本的都被拿走。

你想確定自己是否還擁有愛人的能力
到最後連自己是否值得被愛都不確定

我擁抱的人其實都看向他方

為他撐傘
試著把世界容下
在大雨尚未將關係淋溼之前
先不急著回家

聽他說話
在太陽尚未升起之前
允許他心裡的黑暗
成為你眼底的喜歡

陪他走一段
只能到這了
不得不揮手道別的地方
他帶走你給的希望，你帶走絕望

兩個人才能取名為愛
而一個人就能決定離開

常常覺得自己是一片海
送愛人到更遠的岸

我寫的詩裡經常有你

我寫的詩裡經常有你
你常來讀
不知道是否看見了自己

後來，你好了便不再來過
我開始描寫風景
起初是雨
再來是海
字句都溼透了
又冷

藏在隱喻的都在顫抖
大家都看出來了
但你沒有。

曾經鐵了心的都成了鏽
曾經擱淺的又開始漂流
直到那片土壤終於裂成了旱地
我的詩也重得難以落筆

沒有人在乎你寫的詩是誰的疤痕
只想看見原來自己不是唯一一個
悲傷的。

要不要來我家看貓咪

我的貓見證著
這空間裡所有愛情的衰敗興盛
不知道牠會不會記得
這一雙撫摸牠的手
和上一雙不同

不知道牠是否懷疑過
過去那個熱烈擁抱牠的人
怎麼不再來過

我不是一個多情的君主
在貓和愛情的面前我甘願為奴
他們都太有性格
我愛著的，無論是貓或是愛人
都能比我還輕易忘記另一者。

在每一個更迭的朝代或者日夜裡
我餵養著我的孤獨
而我的孤獨餵養我的貓
我邀請你來我家看貓咪
見證牠是我僅存相依為命的愛情

你是玫瑰還是狐狸

你願意和我說話嗎
我會很有耐心
每一天只靠近你一點點
可是有些話
我不會主動告訴你
像是藏在箱子裡面
你必須用心看見野獸的模樣
是一隻大象或是
一隻綿羊

有的人經過
只看見數字
於是他們就只是經過
我知道自己仍不夠好
我的生活很單調
常常坐在傷心裡
看夕陽把自己吞沒
一遍又一遍
一天又一天
當黑夜來臨
我沒有屬於自己的星星
你那邊有沒有東西會發光呢

想問你的事情太多了，比如說
成千上萬的沙子並沒有不同
卻總有一些會讓你流淚
那些痛苦是有意義的嗎
我們都在荒漠裡走
越想要尋找井水
自己卻乾涸得越多
那些幸運是公平的嗎
以為你像我，看過同樣的風景
以為登上山峰，看遍人群
以為聽見寂寞
是你願意和我說話

當我問起你是玫瑰還是狐狸
卻沒想過自己不是你的王子
我只是一個點燈的人
日復一日
燃著又熄了自己的心。

註　全詩意象典出安東尼・聖修伯里的小說《小王子》。

愛將使我們分離

我們都是不得不分開
又不得不愛的人。

坐著同一場夢的同一排
以為種種巧合
那就是命運的象徵了
我們在觀眾席之中指認
對方的模樣
像是漫遊在浩瀚的太空
終於抵達的光芒

那時的喜悅是未知的
對失去的恐懼也是
臺上搬演的所有故事
彷彿都是美好結局的線索
以為銀河的盡頭都展開了
就漠視了航行的過程

後來燈亮起全劇終
才明白我們的宇宙
是不斷地爆炸又不斷離遠
我們各自被推向不同出口

失去控制
錯認了所有同行的線
都會一路筆直
卻在峰巒起伏的途中分道揚鑣。

那已經是許久以前的歷史
有的星塵變得衰老
有的星辰卻成了炙熱的太陽
你知道夢裡的人與夢醒的人彼此是
擁著相對不同的時間觀嗎
曾經以為如此漫長的劇本
攤開來看卻戲如一瞬

當我再次看見你的光
我望了你
你忘著我
那是多麼地熟悉
又多麼陌生

有些人是不得不愛
才知道那將會使我們分開
而有些人是不得不分開的
才知道那就是愛了。

註　詩名借用英國樂團 Joy Division 的歌曲〈Love Will Tear Us Apart〉。

當友人S
形容愛人Z時

S：「我剛跟他在一起的時候跟他說過，我是他愛情的真理、生命的園丁、美麗的代名詞……，因為以前他是一個充滿憤怒的人，我是將他包覆住的那一個『殼』；但是對我來說，他其實是我的核心。他對我來說是超乎形容詞的存在，就跟顏色一樣，是超乎語言的溝通。」

我羨慕他們
能夠擁有自己
寄宿在另一人身體的靈魂
像是
符旨找到了符徵
核找到了殼

因我從未看過這樣的景
我所越過的山
都是和孤獨換來的
那些缺口
都成了谷

我知道那些微弱的指引
都來自痛苦的回音

常常覺得
自己把自己藏得太深
愛過的事物
向來都是燭火
我看得見你
在你眼中看不見自己

大概是不再習慣和誰對話
每一個字落下

都像是在大雨之中
言語的雜質
必然帶來誤解
你能聽見我嗎
你能理解什麼是
超乎語言的溝通嗎？

若換誰羨慕起我
明亮溫柔的模樣
我才想起
自己原是一隻多刺的獸
為了學會愛人

將每一根刺都折斷打磨
越來越耐不住痛
就越害怕擁抱的時刻

我知道美好的真實故事
都能夠讓我得到快樂
譬如他們描述彼此是如何
讓彼此完整
像是她眼中看他憤怒的火焰
一轉頭就長成了鬱鬱的森

若是如此
那麼親愛的友請告訴我
我的黑暗適合
什麼樣的顏色

註　楔子引用自網媒 Everyday Object 專訪 Sydney 和 Zon 一文〈眼裡所拾，皆是霓虹般的配色靈感〉。

忘了傘

又下起雨的時候
就不要再想傘忘在哪個路口
讓並肩躲雨的人陪你
再也不會走遠

我們都是自討苦吃的人

終於知道了
一些後悔也沒用的事

像是所有的傷心都是自找的
所有的命運都是寫好的
即使重來一次
仍會微笑著
看妳走遠。

仙人掌小姐
可以擁抱妳嗎？

已經不會再害怕妳的刺了
如果沙漠的水分
都需要用眼淚來換
那我們為什麼不能既痛苦
又感到快樂

其實從未想過要妳用一生來還
知道妳也在自己的迷宮裡等
像推著石頭上山
隨即又滾了下來
妳得不到答案
有的只是一無所獲的過程
和一無所有的自己

我們都是自討苦吃的人
卻都不相信會苦盡甘來

註　詩名典出楊雅喆的電影《女朋友。男朋友》台詞：「全世界只有我肯為他吃苦，但其實我們都在自討苦吃。」

輯二——薛西弗斯之生

國王之子薛西弗斯（Sisyphus）以他的智慧輕蔑命運，卻被眾神所懲罰，令他將一塊巨石推到山頂，而每次到達頂峰後，巨石又將滾回山底，如此永無止境地，日復一日，徒勞無功。

後來，薛西弗斯不再想著讓石頭能夠停留在山峰，不再執著浪費的那些時間，而是專注在岩塊剝落的每一粒沙、山間日光夜色的變化。在重複的勞動過程中找到樂趣，正視這一切的荒謬，所有的意義就在當下。

醒來

之一

有的時候你一起床悲傷也跟著甦醒
但清醒這件事很現實
你無法再閉上眼睛逃避
像是
窗戶有陽光透進來，但你走不出去。

你的一天又過去了

天亮了
你又要起床了，好好當一顆齒輪
在每一個趕著出門上班的早晨
都不適合懷疑自己的人生

你的工作其實和你不太適合
但你知道的
那是衣食無虞的人才能有的疑問

其實並不能稱作孤單
你有朋友有家人，還有一點存款
你只是心裡有些黑暗，不能
也不知道和誰說出來

於是你總是選擇獨自吃著晚餐
滑著手機觀察這世上的發生
你知道嗎
那些其實都和你無關。

回家的路上你恍惚看著
每一盞亮著的燈
都有一個人在守著門
你呢
又有誰在等？

有用的人

孩子你要努力，將來成為社會有用的人。
孩子你要努力，將來成為社會重用的人。
孩子你要努力，將來成為社會好用的人。
孩子你要努力，將來成為社會利用的人。
孩子你要努力，將來成為社會濫用的人。
孩子你要努力，將來成為社會隨用即丟的人。

醒來

之二

每一天醒來，都像被揉成一團
的紙一般，無法將自己展開
即使偶然攤平了，仍是皺的。

無用的知識

你知道嗎
你在此時看到的星辰
有的早已消逝了
而所有你揪著不放的回憶
其實也都是過去的鬼魂

你知道嗎
在非洲每過一分鐘

就有六十秒消失
那些都比不上你曾經浪費過的人生

你知道嗎
眼前這個二十七歲的男人
在十年前竟只是一名未成年少年
那時好年輕，一切希望都像會成真

你知道嗎
走出房門要記得

隨手關燈
可是不知道是誰忘了
我還在這

你知道嗎
天亮就要上班
天黑就會暗
而我還在這
忘了怎麼把燈打開

你知道嗎
這個地球上有七十四億人
但沒有一個是你的愛人

註　本詩靈感改寫自網路長輩圖。

醒來

之三

總有一些夜裡
害怕睡眠
也會有一些日子
不願清醒

我每天賴床
床卻都已讀不回

失眠的那些夜晚

想你。
那些失眠、還不想睡的深夜
總想傳訊息和你說

可是不行
你只是莫可名狀的夢囈

漫漫長夜
就讓我想你慢慢
想像你睡在一邊
一切那麼容易感到心安

我又想到一些
沒能告訴你的生活叨絮
像是今天我又都一個人吃飯
回家路上逗了貓，牠卻頭也不回
打開信箱，只有帳單
電視上又說了哪些
我一點也不覺得好笑的字眼

可能我並不真的想你
想的只是等著時間過去
天亮了起床，刷牙洗臉
吃過早餐、上班
一樣地過這一天

想著等到時間過去
而時間卻從來不肯等我
自己的日子你來不及參與
就要老去

到時我的寂寞
只會是盞忘了關的夜燈
生理時鐘提醒我成為一個
早睡早起的人

想你，或不想你
也都與你無關了

年輕

那時，我們都還年輕
以為自己是光
一點就亮
一摸就燙
必要時盈滿每個角落
在愛人的背後留下陰影

那時，我們都還年輕
以為我們是風

被山分開
被樹阻攔
心心念著應許之地
我們愛得置身事外

那時，我們都還年輕
還不知老之將臨
夜裡還能做
太美的夢
總以為睜開眼睛
都是白晝

那時，我們都太年輕
直到看見了誰的光那麼耀眼
感受到誰的風吹得那麼強勁
穿透了我們
將我們逐到世界的邊緣
才驚覺
那些年那麼地輕。

終於放棄雕琢一生的細節
把陰影收進自己的書信
把未竟的路藏在瑣碎的勞動
豢養一座清醒的鐘
睡前吃一顆善良的糖果
和一個不甚討厭的人道安
等待一個漫長的末日過完

無人島

你好嗎
聽說你搬家了
從載浮載沉的海洋
定居在無人的島嶼上

聽說你總是來來往往地打撈
可惜飄流而來的都是屍體
你從他們的遺物
讀出一點故事
想像著他們之後去了哪裡

如果想得到一點溫暖
就試著生起火來
如果島上開始缺水
就試著少流一些眼淚
如果不知道數了多少日子
就試著倒過來數，數完了就離開

反正就像他們說的
活著，總是會有辦法的。
（而辦法是給活著的人）

你一個人住得還習慣嗎
還是習慣一個人完成所有的事情
像是吃飯、睡覺、決定墓誌銘

你還是習慣寫瓶中信嗎
習慣要退潮的時候丟進海裡
擱淺時再拾回來，讀給自己聽
假裝著你的生活還有人關心

那年夏天，寧靜的海

曾經夢過的夢，終究成為
步步消散的海岸線
裸露的石
總是不得不傷人的
現場還有漫舞的人
儘管語言裡早就沒有了音樂

手中的仙女棒已經燒完
一切絢爛歸於黑夜

末班車即將離站
還未上車的旅客
請留在原地

這一揮手就是遠方了
你還是你
而我就只是我了。

後來
連下了幾天大雨
日光越來越短
夜漸漸快

在路邊看見
沉默的蟬
突然明白
溫室裡的玫瑰
保存期限
往往只有一個夏天

註　詩名借用自日本導演北野武的電影《那年夏天，寧靜的海》。

有些事

沉溺其中
只是一種逃避
它不是快樂
有些人也是

彗星來的那一夜

我以為生活就是這樣了
陽光之後仍有黑夜
一切平淡而規律
可是你在這時出現
帶著生命的狂喜與深鬱
我像是初次微醺的少年

你在深夜的頂樓
燃起了一支菸
指間飛舞的火光
輕煙裊裊的側臉
像是百年一訪的彗星
整座宇宙震動

你說我們都是星塵
經過了遙遠的輪迴
來到這裡
幾億年前
也許我們是一體的

我喜歡你說的這些
許多故事並不需要正確答案
但這能讓我感覺
自己也能像你一樣特別

後來
地球又回到相似的運轉
也許
有人是煙
也有人是灰

漂在茫茫人世裡
偶爾想起
在彗星來的那一夜
你用迷霧氤氳的唇
說著
我們都是星塵。

註　詩名借用自美國導演詹姆斯・畢基的電影《彗星來的那一夜》。

浮沉

我不曾愛過我的青春
是你
使我想起
我一個人
一如擱淺將死的鯨豚
在夕陽餘燼
在荒冷沙洲
在我的夢裡

浮沉。

如果在某個時候
在霧起瀰漫的清晨
如果你轉身
那麼
此時此刻
我將不再做著少年時期的夢
我將不再懷著悔恨
不再頻頻回首

可是你沒有
於是只剩
那個少年的我
還仍然在那片茫霧中等。

在永逝不回的直線裡
（假使能夠再一次遇見你）
我便將一切幻想終於黃昏
當晚霞燒城
（若你披著緋紅的夕色，向我走近）

那麼我遂不再過問
不再問關於過去以及後來你的任何事情
（縱然與你比肩而席，同聲笑著）

然後嘆息
為什麼年輕的心
總是愚蠢

然而就此再也不見你
直至遺憾老去
如此長遠的回憶恍若沉睡了時代

零碎的片段
終有一日無法佐證
究竟什麼是夢
什麼是真

又浮沉。

在我的夢裡
在荒冷沙洲
在夕陽餘燼

一如擱淺將死的鯨豚

我一個人
使我想起

你是我
不曾愛過我的青春

青春散場

「你好嗎？」
你在開場白說著
於是我們都笑了

其實知道第三幕的你終將轉身
所以我在第二幕的擁抱裡
用了很深、很深的靈魂
因為不捨

可是關於有些被註定的戲份
也只能以一種標靶般的眼神
說著：「我的愛，再見了」
於是我困在沒人看見的後台裡
等

再重逢的下一場戲
有些情緒始終沒有排練完成
我們用著彼此都熟悉的口吻
正扮演一齣陌生
似乎有段我忘詞了的對白
總是沒有及時告訴過你

也許永遠不曾

那麼就讓配樂代替我痛哭失聲
然後讚嘆命運在走位的安排
是如此精準

直至最終幕
舞台上只剩我一人
暗場淡入，為這結局的喃喃獨語
留一盞頂燈
最後，輕輕地說一句
「好久不見了」

此刻
不得不含淚鞠躬
惋惜緣分
終將是一齣早已寫定的劇本

我們在各自演出的人生
原是一筆就輕輕帶過的角色
在這還來不及謝幕
就已散場了的青春

逆行

多年後在街上不期而遇
我們都沒有停下來
瞬間乍然失語
交換了一個淺淺的笑
就此擦肩而過
那無關乎反射性的禮貌
而是一個表情
也許就寫下了幾句對白

後來只有我回頭看
你的指尖勾勒著另一道身影
那是我曾經想像過的風景

以為可以與你同行的
即使那時你在大雨之中踱步
我撐著傘獨自狂奔
一定也能擁有片刻
曾經一起走過一段路

可是我們交會，然後分離
才知道跑得再努力
也追不上往反方向而去的人

輯三——伊卡洛斯之死

伊卡洛斯（Icarus）是建築師之子，與父親被國王囚禁在迷宮的高塔上。為了逃離，父親為他打造了一雙翅膀，以蠟黏合鳥羽而成，並告誡他，不能飛得太低，否則露氣將沾溼鳥羽；也不能飛得太高，以免雙翼遇熱融化。

原本可以一路平平穩穩地飛翔，伊卡洛斯卻強烈感受到自由飛行所帶來的狂喜，他想接近太陽，越飛越高。最後，炙熱的陽光燒熔了他蠟造的翅膀，伊卡洛斯墜海而死。路過的農夫和航船，也許有聽見一聲水花，但不當它是慘重的犧牲，持續趕著各自的路程。

汙染

像是那些汙染的過程
無人知曉
有的人選擇
在暴雨來時傾倒廢液
有的人則是學著仿造
安全的標籤
在未能檢視的死角
自己慢慢成為一灘死水

風的樣貌
未曾親眼所見
風聲卻早已抵達
整座城市都陷入霧裡
決定捉幾個女巫來燒
談笑間灰飛煙滅
塵霾其實來自他方

反正自然的真理
就是自然會復原
看大火正在蔓延
也都是自燃的事

用幾個句子
就能砍伐整座森林
沒有人聽見
一棵樹倒下時
就沒有發出聲音
你怎麼會覺得冷
我們不是都擁有一顆
暖化的心

海平面逐日上升
淹沒底層

當你沉默
卻發現漂浮在
更高位置的
都是垃圾

每個人都自認在作對的選擇
唯一不對的是作對的人。
沒有人天生覺得自己壞
但後來壞掉的人要自己負責。

傷心公園

溜滑梯

你經過我
帶走快樂
我知道我
留不住任何人

鞦韆

靜滯有時
是種絕望
寧願你在
換我一輩子
搖搖晃晃

翹翹板

你和他的遊戲
玩弄的卻是我
忐忑的心

單槓

撐上來的時候
你笑得那麼開心
但最後
你還是放手

搖搖馬

我是馬
卻不能帶你去
想去的地方

把你看得太重
卻只能給你一場
搖搖欲墜的夢

沒有關係

因為還愛，所以沒有關係的。
因為不愛，所以沒有關係了。

母親

總是容易為了
一些遙遠的事物感到悲傷
像是曾經的夢想
數年後的自己
已經不在生命裡的人

可是這樣的悲傷終有結尾
也許是知道一切都有期限
才費盡力氣地握在手心

起初我們都說會永遠記得
後來真的忘掉的人
也不會發現自己忘了。

曾聽過一則故事
古代人以為太陽是恆存的
生活是日夜循環的周而復始
直到某天，黑暗毫無徵兆地吞噬了太陽
所有人赫然發覺太陽也會消失
驚慌失措，想盡方法求神拜佛

人類的本性害怕無常的變化
我們的安全感依賴習慣
因此潛意識裡總是誤認永恆

母親是我的太陽
太陽給我溫暖，給我養分
太陽燃燒了自己，照亮了我
卻不明白
為什麼我的身後會有影子
而影子裡會有悲傷

後來離開了家
告別時都說會念念不忘
孤單時卻沒想過
自己只照見了自己的模樣。

總是容易忽略了
一些親近的人
總是以為母親一直都在
從未想過太陽會老
太陽會暗

母親的病徵
是我的日蝕之日

是不是
非要等到發現一切都有期限
才會想起要費盡力氣地
握在手心

好好照顧自己

之一

把自己照顧好
更低的體脂肪
更結實的肩膀
讀更多的書籍
看更多的電影
聽更多元的音樂
充實自己。

把自己照顧好
也要記得常常回家
或是打個電話給那些
把你從小照顧好的人
因為少了他們
就不可能把自己照顧得更好了

儘管你的好沒有人知道
一個人也要把自己照顧好
最好好到像一隻貓

請記得離開你的人曾對你說要
好好照顧自己
而這是你在這個世界答應他的
最後一件事情

好好照顧自己 之二

把自己照顧好
髒了就洗澡
累了就睡覺
覺得寂寞來犯時
就吃點糖果當作藥
過著簡單的日子。

把自己照顧好
一個人住，生病什麼的是最麻煩的

因為你知道
痛苦的聲音只有自己聽得到

試著用計劃取代希望
用再也不抱任何期待的姿態
換一個心靈平靜的生活

媽媽說
把自己照顧好
做自己想做的事情
也要存一點錢
為了好好活著

所以我好好地照顧自己
存的錢都用在
做自己想做的事情
只是，媽媽
我這麼做卻不是為了好好活著
而是為了有一天好好地離開這裡

當你以為自己無能為力而其他人並不

你曾經想要推倒的高牆
又蓋了一座更高的
你計劃著的夢想
現在看起來又更遠了
過去所愛過的人
早也已經愛了下一個
你什麼也沒有往前
除了
變得更老了一些

所有令你眷戀的風景
都再也回不去了
那些悲傷
攤在陽光燦爛的日子
讀起來都像一首首情感過剩的詩
只會讓在場所有聽的人
覺得諷刺
誰會在意你屋子裡正下著雨
誰會懷疑一個看似什麼都有的人
是很好，卻不真實。

多少時候你以為
自己只要走出那道門
也許就能將情緒曬乾
只是到最後
你仍在等一個人進來
為你撐傘

當你以為自己無能為力而其他人並不
他們都說你能有今天就該知足
但你知道自己只是一個
困在昨日和明日
動彈不得的人。

你說你要睡了

眼睛閉上
腦裡浮現的是一座懸崖
襲來的盡是最凶猛的浪
回憶潮來潮往
一想到
海水就從眼角流下

我知道你很累了
像溺水的人

怎樣也無法游回棲息的島
想抓住任何一點依靠
知道不這麼做的話
自己就要被大浪吞噬了
起初只是小雨
瞬間就捲起了風暴
你在這樣的困境裡無能為力
你誰都不恨
也沒有辦法去愛
知道自己獨自一人
是因為自己把全世界都推開
跳下了海

所以你只能憎恨自己
每一天夜晚
縛著脖子逼自己負責

我知道我都知道
那些和我說過晚安的人
有些真的睡著了
有些在別人身上做了場好夢
有些開始讓別人做惡夢
有些則是一直懷疑自己半夢半醒著

你說你要睡了
而我也不能給你任何的祝福
只想告訴你走到這裡已經很好了
我知道你很辛苦
真的辛苦了
晚安

頂樓加蓋的小房間

房裡有酒
櫃上有書
想說話時就拿酒
說不出話的時候
翻一翻書
找一些段落來讀

牆上有按鈕
按了有光

我有一整座星空
暗了會亮
你來的時候記得拍照
你走了之後
我忘了我有沒有笑

養了隻貓
個性過分地好
牠不看家
都是家在看住牠

我愛在頂樓看遠方
看燈火一座一座熄滅
你知道比夜還深的黑暗
就要到來

這個房間是一座宇宙
如果你敲門
門裡的人不再應了
請唸這首詩
紀念這裡曾經的發生

颱風過後

有的人走過
責怪生活裡滿地泥濘
不知道自己是雨。

有的人走後
卻嫌樹倒得東倒西歪
不曉得自己是風。

撲滿

每吃一顆藥
我都想像自己
存了一塊錢在撲滿裡

後來一個小偷
把我摔破
我哭得很傷心

不是因為全被奪走
而是知道原來我能給的
只有這麼少

我討厭我討厭我自己

我討厭病
我討厭診所
我討厭藥的名字也在嘲笑我
我討厭我自己

我討厭醫生
像一座量身高體重的機器
我討厭幾個問題
就假裝知道我一定能變好

我討厭國家討厭社會
我討厭騙子
都得到他們所想要
討厭自己誠實
討厭自己溫柔對待世界
世界還是殘忍

我討厭網路論壇的推文
看見溺水的人
還在比較有人能潛得更深
我討厭自己無能為力
拉誰上岸

我能理解你們
如同理解自己
但我沒有理解答案
如同你們的所有問題

我討厭著好多好多事情
最討厭我討厭我自己
正因為我是這麼努力去愛
所以才覺得不甘心

撞

我常想像
自己沒預兆地被車撞死
但當我走在路中央
車不傷害我
只催促著喇叭
要我讓開

我想起
曾遇過一些人
不發一言
只是從我身邊走過
卻把我撞得支離破碎

一個少年的墜落

「一粒麥子不落在地上，仍舊是一粒。」
——《約翰福音》第12章第24節

老人的世界是一份早報頭條的報導是高級品的素描
他略過不起眼的一角心想那些只是無關緊要的失敗
樓上男人此時正在施暴只有女人知道他一生的摯愛
成了她一身的窒礙洗不掉的顏料換成脫不下的外套
隔壁的阿姨總是愛聊鄰居男主人開什麼車賺多少錢
她的先生假裝在聽心裡在記這月兼什麼差連多少天

一名作家用一則關於墜落的故事為他的書增添同情
一位讀者翻著剛買的一本名為自討苦吃的人的詩集
一聲巨響劃破了這條街上所有人的進行式他們安靜
他們繼續他們後來論議這零碎的落葉和滿地的泥濘
沒有人關心每一片葉子凋零之前都期待過面向天空
沒有人在意墜下的每一滴雨最初都曾是美麗的雲朵

從前從前
一個陽光燦爛的午後
一個少年的墜落
只對他自己有意義
對其他人而言
沒有。

三個字

日日下雨的季節裡
瞥見了陽光透過窗櫺
久未照料的植盆
兀自綻放了一朵小花
遠方疲憊的人們
捎來了久違的好消息
難得撥了通電話
媽媽說著
如果累了就回家吧

不知哪來的貓
輕步地在腳邊磨蹭
走在巷口時
冷風送來了紅豆餅的香氣
那個說好卻再也沒去的地方啊
好想找回許久以前忘在那裡的自己
終於從昏沉的睡眠中清醒
收到了你說早安的訊息。

太陽熄滅之後
突然又浮現好多星星
霎時覺得
好像又能再活一天

活下去。

輯四——奧菲斯的詩歌

詩人奧菲斯（Orpheus），也是一名出超的音樂家，他以琴聲打動冥王，讓他得以從地獄解救他的愛人。冥王告誡他這一路絕不能回頭看，但就在冥途將末之際，奧菲斯禁不住回首確認愛人是否還在，卻使她瞬時化作灰煙，功虧一簣。奧菲斯悲痛欲絕，就此隱離塵世，孤獨此生。後來死於酒神之女手中。

古希臘色雷斯人以奧菲斯為名建立信仰，他們苦行自身，無欲無求，並且相信輪迴。

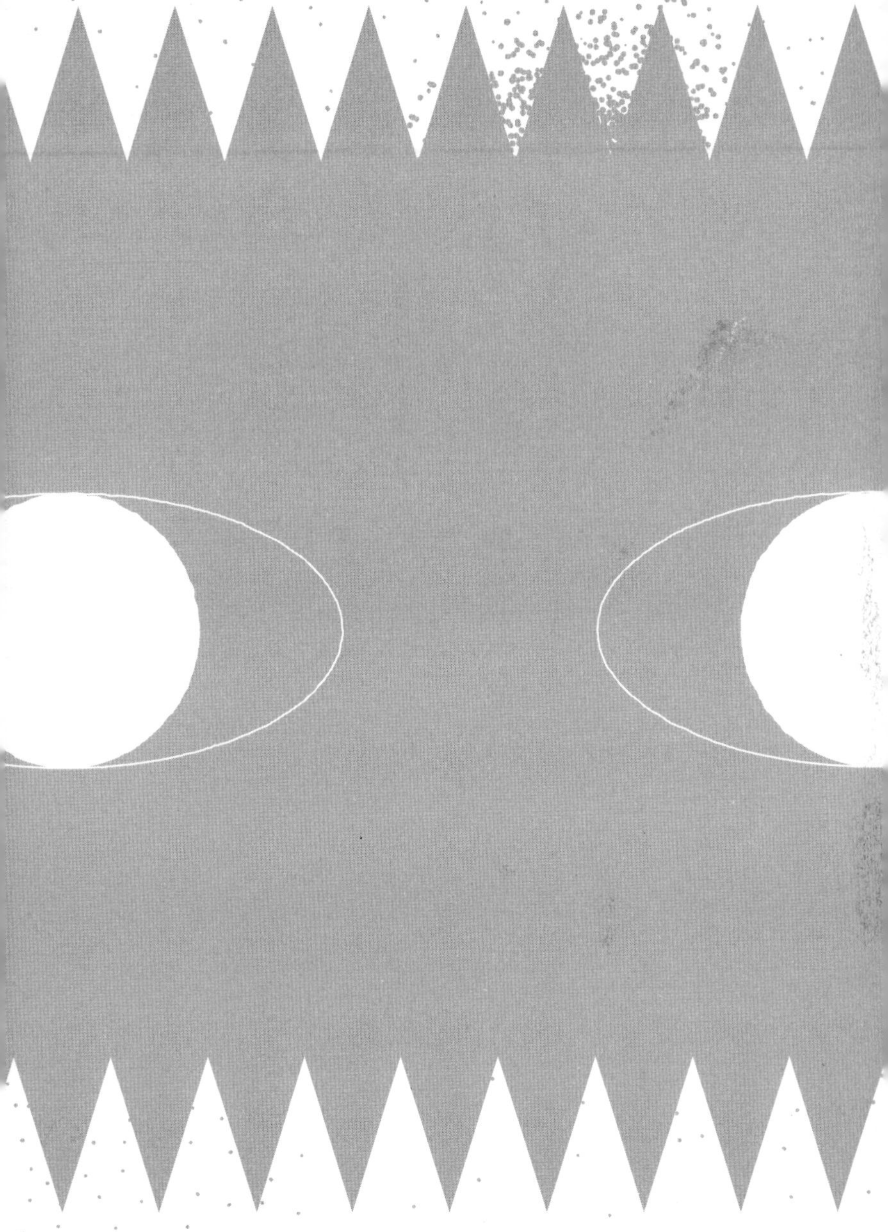

風險

他們說
如果你愛一個人，就該專心在他身上
一再顧盼回首是不對的。

我明白，所以我將所有想念都用在想你了
就像把雞蛋都放進同一個籃子上。

質疑

你為什麼總是看起來如此憂傷
並不是所有的人都像你一樣幸運

但比你不幸的也大有人在
所以我從未質疑過他們的憂傷

太初之時

之所以認識黑暗
是因為曾經有光
之所以知道孤單
是因為曾經有愛
之所以理解自己
是因為曾經有你

在太初之時
我一無所有
也一無所失

悟

懂得了真、懂得了偽
懂得了這剎那浮生
如夢幻泡影
如晨露閃電

懂得了愛、懂得了恨
懂得了這如斯光陰
所有起身動念
只是一瞬

便何來沙塵
又何處惹淚

懂得了生、懂得了滅
懂得了遙遙此程
遠方沒有路可行
轉身沒有人在等

懂得了天、懂得了地
懂得了天地之大
人生在世卻難以容身

懂得了風、懂得了雨
懂得了我們觀見了風雨
但風雨也正看著我們

懂得了我、懂得了你
懂得了我曾遇見最好的你
而你不曾

清明

寫下你的最後一首詩
像是盡了某種儀式
禱詞、焚紙
和過去的鬼魂道別

即使與你再次相見
也將其視作恍若隔世
把所有似曾相識的感覺
歸為，可能我上輩子
是那麼地對你依戀。

就此，再也不求福願
做一個沒有信仰的人
不信因果
不問世事

除了，每一個輪迴的季節
當雨歸來
那些入土深埋
的心事，又蔓滿了墳

允許自己
雙手合十
默念平安

我們最終放下的
都是我們拿不起的

我想我會把你放下
像是離岸的魚
在破碎的夢境裡泅泳
張揚自己的渺茫命運

我放下你
一切如釋重負
即使我始終身無長物

說來矛盾
你沒有給
我卻仍從你的影子獲得
我要放掉那些。

所有啟示來自生命的經驗
我曾有過一些星星作我最美的指引
如今再望，只是成千上萬中的一顆
不再別具意義

所以我知道，我能放下你
像過去一次又一次的
和自己和解。

我們終將失去的都是我們得不到的
我們拿不起的
最終都會放下了

念舊與健忘

念舊的人多麼辛苦
不令曾經重要過的失去重量
背負著這麼多的過往
還要繼續前行

然而再難忘也只是難
不代表不忘

有天若檢視過去所有枝節
發現自己只是喜歡
淘洗過的回憶
而自溺於事無補

健忘的人多麼幸運
遺忘過去的幸福
也遺忘了自己的錯誤

相忘

「而我是一隻魚，我不能夠喜歡你，
就讓我游來游去，然後把你忘記。」

——怕胖團〈魚〉

為了活著
我犯賤
我卑微
我愛人
我不值得被愛

我活著
看他們上岸
我的海
有水
沒有魚

一些無法解釋的死因

溺水的魚
懼高的鳥
怕吵的蟬
摔倒的貓
過勞的樹懶
私下的海豹
被通緝的鱸鰻
被逮捕的烏賊
不吃的夜梟

徒勞的蜈蚣
羽化的蛾
歸西的鶴
失足的蛇
傷心的草

不要迷戀鴿
我是多情的愛人

佛系戀人

不牽掛
不思念
不告白
不說晚安

不執著緣分
分離時便不道再見
知道這回聚散
剎那即是永恆

愛是靜默的語言
能忘是禪
菩提就是不提
終其一生
不打誑語

無怨無悔無憂無慮
無涯無岸無相無念
本來自性清淨涅槃

生無可戀
又何處惹塵埃

註　本詩靈感改寫自網路梗圖。

立地成佛

他枯坐床沿
像一個空的器皿
在睡前攤手
結一個圓
夢裡不悲也不喜

他晨起勞動
換一頓粗茶淡飯
他懂得栽
並不是為了收穫

他合十呢喃
手中的掌紋
命運刻得比谷還深
曾經擁有的他都斷了
他能捨
是因為比誰都了悟失去
房子裡空空蕩蕩
卻也無邊無際

他知道放生
就是殺生
善意往往
扣敲了地獄的大門
有時心底想的是蓮花
口中卻吐出毒蛇

他放下
手上的刀刃
心中再也無人牽掛
他孤身度日
此生
只願作一尊泥菩薩

註　末二段改寫自海耶克所說：「通往地獄的道路往往由善意鋪成。」

寂寞吧，我猜

一個人爬上最陡峭的山
整條路上不作他想
卻在到達頂峰後哭了

歇斯底里似地喊
向著底下的城
發誓說再也不要庸俗的愛
旋即陷入悲傷
忽然不知道
自己該往哪去

眼前的一切成火
整座森林都在焚燒
試著用焦灼的肺葉呼吸
燃起一根接著一根
依然沒有出口

醒來之後
就是新的旅程
走在喧囂的風景之中
我只是一個異鄉的人

我相信孤獨

我相信每個人來到這個世上
都要尋找自己的方向
有時候原地踏步
也是一種出發
。

我知道脫離隊伍
必然帶來不安
可總有些地方
如果不是一個人
就永遠不能抵達
。

我相信人和人之間
有些人適合互相幫助
不適合一起工作
有些人適合互相喜歡
不適合一起生活
有些人可以互相成長
有些人只是彼此消磨
。

我知道各自的路終將不同
所以不再強求，誰的目光
一定要攬在自己身上
。

我知道我們的身體聒噪不休
而我們的靈魂卻寂靜不語
有時感覺所有的人都在說
卻沒有人在聽
。

我相信太多的痛苦
來自於我們的欲求超過
自己所能控制的事物
尤其是他人
一條通往地獄的道路
就此展開
。

我知道生活越少他者
就能活得越像自己
而孤獨
一直是我最舒服的姿態

註　末二段改寫自沙特的劇作《密室》：「他人即是地獄。」
最末段改寫自甘耀明的小說《殺鬼》：「人要是活得越像自己，就越沒有朋友。」

我相信愛

我相信人類過於美化某些價值
例如浪漫、夢想、愛情或是婚姻
有時你喜歡的那些特質
只是為了多賣你一些商品
。

我知道人得追逐虛幻
才能活得真實
在生活的睡眠中醒來
才能在現實做同一場夢
。

我相信相濡以沫
這樣的需要是浪漫的
這樣的浪漫也是需要的
即使在漂泊之中
也能有浮木的快樂
。

我知道當暴雨襲來江湖溢滿
擱淺的兩條魚就不該回頭
但最怕是你當他是大海
他心底想的卻是泡沫
。

我相信我們往往
把被動誤認等待
把給予錯估成愛
把勒索當作償還
把責任推給責怪
為了最後的挽留
把自尊放得比塵埃還低
為了挽留自尊
又把報復作為最後的手段
。

我知道求愛
不是人生唯一的路程
帶來更大的風雨
往往是避風港本身
。

我相信沒有愛
並不會死
但被受了心
就能夠好好活著

註　首二段改寫自友人林冠廷所說：「總是要追求一些虛幻的事物才覺得自己活得真實。」

我們的現在是最壞的，也是最好的

「過去只是我們說給自己聽的故事。」

——史派克・瓊斯《雲端情人》

所有的釦子都扣錯了
一直扣到最後一顆你才發現
像是一個舞台上忘詞的演員
循著本能即興演出著
卻無法和設定的結局接軌
費盡力氣，卻毫無意義

這和你曾想像過的情節不同
你將一切過往緩緩倒帶
想仔細挑出在什麼段落出了紕漏
可能是沒成行的那趟旅程
可能是考不上的那所學校
可能是從未和那個人一起的生活
他有他的指南針
而你有你的方向感
在某個不知名的路口
就此走散。

你以為真正的生活都在他方
以為就在那條未行的路上
可是錯過了就是錯過了
甚至人是
無法真正認識到
自己究竟錯過了什麼
除非我們能夠窺見平行宇宙。

你知道要如何意識自己不在夢中嗎
答案是醒來的時候
明明是魚卻不知水為何物
明明是所有的風景都在退後

有時卻誤以為我們在動
你知道如果所有的昨天從頭再來
我們的今天是否就不會再擁著遺憾？

我多希望你能遇見一個好人
告訴你值得過更好的生活
每一個早晨醒來
都能忘記做過的美夢

我多希望你能學會勇敢
勇敢地對抗
也能勇敢地放下

勇敢地不再因為理想
和現實的落差
而感到悲傷

忘記帶傘時
也能不怕淋溼
好好走完眼前的路
繼續過著這
一半完美
一半不完美的日子。

註　詩名改寫自查爾斯・狄更斯的小說《雙城記》：「這是最好的時代，也是最壞的時代。」

文字森林
READING FOREST
文字森林系列 001

自討苦吃的人

作　　者　李豪
總 編 輯　何玉美
責任編輯　陳如翎
裝幀設計　木木 lin
內文版型　葉若蒂

出版發行　采實文化事業股份有限公司
行銷企劃　陳佩宜・黃于庭・馮羿勳・蔡雨庭
業務發行　張世明・林踏欣・林坤蓉・王貞玉
會計行政　王雅蕙・李韶婉
法律顧問　第一國際法律事務所　余淑杏律師
電子信箱　acme@acmebook.com.tw
采實官網　http://www.acmebook.com.tw
采實粉絲團　http://www.facebook.com/acmebook01

ISBN　978-957-8950-53-5
定　　價　320 元
初版一刷　2018 年 9 月
初版八刷　2020 年 5 月
劃撥帳號　50148859
劃撥戶名　采實文化事業股份有限公司
104 台北市中山區南京東路二段 95 號 9 樓
電話：(02)2511-9798
傳真：(02)2571-3298

國家圖書館出版品預行編目資料

自討苦吃的人 / 李豪作 . -- 初版 . -- 臺北市：采實文化 , 2018.09
面；　公分 . -- (文字森林系列 ; 1)
ISBN 978-957-8950-53-5(平裝)

851.486　107012134

采實出版集團
ACME PUBLISHING GROUP